BAILES DE SALÓN

Samba
y lambada

Bailes de Salón

Samba
y lambada

Paul Bottomer

susaeta

Fotografías: John Freeman

Vestuario: Leeann Mackenzie

Peluquería y maquillaje: Karen Kennedy

Diseño: Siân Keogh

Traducción: Mª Ángeles Martínez

© Anness Publishing Limited

© SUSAETA EDICIONES, S.A.

Campezo, s/n - 28022 Madrid

Tel.: 913 009 100 - Fax: 913 009 118

Impreso en la UE

Contenido

Samba – introducción	6
En la pista	8
Música y ritmo	9
La pista de baile	10
Forma de agarrarse	11
Samba básica	12
Efecto de samba	14
Sacudida de la samba	15
Pasos de samba	17
Pasos en posición de paseo	18
Paso lateral de samba	20
Voltas viajeras	21
Qué hacer con el brazo libre	25
Botafogos en posición sombreada	26
Cambio con patada	28
Giros de samba	30
Giro con cambio de pie	32
Pasos laterales de samba	34
Pasos laterales con vuelta	35
Contra *Botafogos*	36
Volta continua	38
Samba *reggae*	40
Lambada – introducción	44
Lambada básica	45
Paso del balanceo	47
Abrindo portas	49
Movimiento de la cabeza	53
Giros básicos de lambada	54
A cadeira	57
Caída de lambada	59
La Macarena	60
Sugerencias musicales	63

Samba – introducción

Los exploradores portugueses que navegaron por vez primera a lo largo de la costa de Sudamérica, descubrieron una mañana de enero la belleza de una serie de bahías con playas doradas y un río de dulces aguas que recorría las exuberantes cimas tropicales. Cuando a ese lugar idílico le llamaron Río de enero, o Rio de Janeiro en portugués, no imaginaban el futuro que le aguardaba. Pronto se establecieron colonos portugueses y, a medida que prosperó la agricultura, llevaron esclavos del sudoeste de África para que trabajasen en las plantaciones de Bahía, en el noreste de lo que más tarde sería Brasil. La samba comenzó a desarrollarse en la región de Bahía como respuesta a los fuertes ritmos de percusión de un tipo de tambor llamado batuque, que trajeron consigo los esclavos desde África. El ritmo hipnótico del batuque permitía a los primeros bailarines de samba escapar durante un rato de sus problemas cotidianos y bailar descalzos, tradición que todavía se mantiene en la samba de Roda. En la lengua de aquellos esclavos este baile se llamaba *semba*, término destinado a pasar al folclore para designar con orgullo al baile nacional de Brasil.

Hoy en día la samba es el baile con el que se celebran los carnavales de Río cada año en febrero. Las bailarinas de samba de los carnavales rivalizan entre sí para ver quién lleva el tocado más grande y espectacular, lo que dificulta enormemente los movimientos básicos con los pies. Este tipo de samba es muy distinta de la versión internacional, que es más estilizada. En Río, la samba se baila individualmente, mientras que la samba internacional se baila en pareja. A un ritmo de «rápido, rápido, lento, *y*», los bailarines de Río llevan a cabo cambios rápidos de peso en tres pasos, con una rodilla ligeramente elevada, que efectúan alternando los pies. A las mujeres les gusta mover mucho las caderas, mientras que este movimiento es menos exagerado en los hombres. La cabeza se mantiene en todo momento totalmente quieta para evitar que se caigan los magníficos tocados que sostienen. La samba como baile para parejas también es muy famosa en

Lo mejor para bailar samba es la ropa elegante pero informal. Las mujeres deben ponerse vestidos cortos que faciliten los movimientos, y zapatos de tacón. Los hombres han de llevar zapatos con una buena suela, que nunca ha de ser de goma.

Samba – Introducción

Brasil, y con fines sociales se baila una versión más lenta denominada *pagode*.

El *maxixe* fue la primera versión de la samba que se conoció fuera de Brasil y adquirió cierta fama en Europa, aunque se olvidó durante la Primera Guerra Mundial. Sin embargo, a finales de los años 30 la pegadiza, desenfadada y divertida samba cautivó a los bailarines de Estados Unidos y a finales de los años treinta y durante los cuarenta, tanto Río como su samba atrajeron la atención de la gente a través del cine. Carmen Miranda actuó en muchas películas de Hollywood, en las que forjó una imagen arquetípica de Brasil y la samba. Fred Astaire y Ginger Rogers popularizaron más aún la imagen de Río como lugar romántico y sofisticado en la película *Volando a Río* (1933), y la samba floreció por todo el mundo.

Cuando la fama de un baile traspasa las fronteras de su propio contexto cultural, es natural que se desarrolle con un estilo más internacional. Si tales cambios se producen dentro del carácter y espíritu del baile, los resultados pueden enriquecerlo y hacerlo más variado y atractivo a nivel internacional.

La espectacular y vigorosa samba se baila en parejas no sólo en Brasil, sino en todo el mundo.

Aunque algunas veces se aplican a la samba estilos inapropiados que se ponen de moda, como el aire discotequero que se dio a este baile en la década de los setenta o el efecto brusco y entrecortado de los noventa, estos estilos no suelen soportar el paso del tiempo y decaen en favor de otras versiones que respetan el carácter original del baile.

Para muchos bailarines de sociedad, el local latino, restaurante o bar donde van habitualmente es un lugar para relajarse, encontrarse con amigos y bailar samba. En estos lugares, la música suele ser más auténticamente brasileña y los movimientos de baile adoptan un estilo más improvisado y espontáneo. Sin embargo, en este libro describiremos las versiones simplificadas de las figuras estándar del estilo internacional de samba, que es muy distinto de la samba que se baila en los carnavales de Río. La enseñan profesores de baile oficialmente reconocidos de todo el mundo, y no sólo asegura la compatibilidad de los movimientos entre bailarines procedentes de distintos países, sino que también proporciona un método lógico, estructurado y de fácil comprensión.

Samba y Lambada

En la pista

En los bailes internacionales estándar, como el vals y el quickstep, las parejas se mueven alrededor de la pista en sentido contrario a las agujas del reloj. En algunos bailes latinos que se practican a nivel internacional, como el mambo o el chachachá, las parejas no suelen avanzar alrededor de la pista, sino que bailan ocupando sólo una pequeña área. Sin embargo, en la samba algunos movimientos son relativamente estáticos, mientras que con otros se avanza. Para aprender las figuras y desplazarse cómodamente, sin molestar a los demás bailarines, es necesario aprender a orientarse en la sala.

Avanzar con la corriente
Suponiendo que la sala sea rectangular, el hombre se sitúa de cara a la pared y la mujer de espaldas a la misma. Para avanzar con la corriente a medida que se desplaza en sentido contrario a las agujas del reloj, el hombre se mueve hacia su izquierda y la mujer hacia su derecha. La línea de la corriente avanza alrededor de la sala, paralela a la pared.

La línea central
Con la pareja aún en la misma posición, la línea central de la sala va paralela a la pared, detrás del hombre y delante de la mujer.

La habilidad en la pista añade placer al baile.

Esquinas
En la samba se puede bailar una figura particular que ayude a pasar de una pared a otra; pero, en general, simplemente se curva un poco la figura que se está bailando al llegar a la esquina de la sala. Deben tener cuidado de no distorsionar demasiado la figura haciéndola difícil e incómoda. Una vez pasada la esquina, hay que volver a orientarse a lo largo de la nueva pared.

Habilidad en la pista

Mientras bailan alrededor de la pista, deben observar a los demás bailarines y tratar de intuir la dirección que probablemente van a seguir. La habilidad para evitar problemas es una importante baza para un bailarín, y más adelante enseñamos cómo conseguirla. Existen, sin embargo, unas cuantas reglas generales que vale la pena mencionar ahora.

• Conviene que los bailarines con más experiencia dejen paso a los principiantes.
• Quien vea un posible problema debe intentar evitarlo. Esto suele sucederle a la pareja que está situada más atrás en la corriente de la circulación de la pista.
• Los bailarines inexpertos y aquellos que avancen más lentamente alrededor de la pista deben mantenerse cerca de la pared para no estorbar a otros bailarines más rápidos y expertos.
• No debe cruzarse la línea central de la habitación por el centro, atravesando la corriente de tráfico.

Con la práctica, la habilidad para evitar problemas se convertirá en un aspecto divertido del baile.

SAMBA Y LAMBADA

Música y ritmo

La euforia del carnaval se refleja en los ritmos agitados y las alegres melodías de la samba. La velocidad o tempo de la samba puede variar desde los 48-52 compases por minuto para el baile de sociedad, o los 53 compases por minuto para exámenes y competiciones, hasta los 58 compases por minuto para las sambas brasileñas muy rápidas. La variedad de instrumentos de percusión en Brasil ha producido una gran diversidad de ritmos que emulan el sonido original del baile africano y tienen su propio acento y carácter. El compás de la samba es en general de 2/4, lo que significa que se cuenta dos veces en cada compás, o bien de 4/4, es decir, cuatro cuentas por compás. Los movimientos y figuras de la samba tienen diferentes ritmos y con el tiempo se acostumbrarán a ellos.

En este libro partimos de que el compás es de 2/4. No se preocupen si esto resulta difícil de comprender. Muchos de los fantásticos músicos brasileños no tienen conocimientos técnicos de los ritmos y sin embargo crean una música que es pura magia. No es necesario pensar conscientemente en los valores de los tiempos mientras se baila, aunque una apreciación de la naturaleza de los ritmos les ayudará a comprender las figuras.

Disfruten del ritmo de la samba y la lambada.

Cada paso de las figuras de este libro lleva una cuenta. Utilizando el compás de 2/4, el valor de cada cuenta será el siguiente:

lento = 1 tiempo   rápido = $1/2$ tiempo.

El tiempo muchas veces se divide para proporcionar combinaciones rítmicas interesantes. Los tiempos partidos suelen describirse de la siguiente manera:

$y = 1/2$ tiempo o $a = 1/4$ de tiempo.

Cuando el tiempo se divide, la fracción más pequeña y rápida del tiempo se toma del tiempo anterior. Al contar 1 a 2, la cuenta de *a* se toma de la cuenta anterior de 1, de modo que esta cuenta de 1 ocupa sólo $3/4$ de tiempo y no un tiempo completo.

Estos son algunos ejemplos:

Cuenta	Valor del tiempo
1 *a* 2	$3/4\ 1/4\ 1$
lento *a* lento	$3/4\ 1/4\ 1$
1 *a* 2 *a* 3 *a* 4	$3/4\ 1/4\ 3/4\ 1/4\ 3/4\ 1/4\ 1$
lento *a* lento *a* lento *a* lento	$3/4\ 1/4\ 3/4\ 1/4\ 3/4\ 1/4\ 1$
lento rápido rápido	$1\ 1/2\ 1/2$
rápido rápido lento	$1/2\ 1/2\ 1$

Cuando la música tiene un compás de 4/4, los valores de los tiempos que acabamos de dar se doblan.

Samba y Lambada

La pista de baile

Dado que la pista de baile está pensada para bailar, no debe emplearse como si fuera una calle. Caminen siempre alrededor del borde de la pista y nunca a través de ella. La repentina aparición de un espectador tratando de eludir a las parejas de baile puede causar un caos y es un peligro innecesario para los bailarines. Cuando salgan a la pista, eviten causar problemas a las parejas que ya están en ella. Puesto que los hombres normalmente comienzan el baile mirando hacia fuera de la sala, podría parecer natural que entraran en la pista hacia atrás centrando la atención en su pareja. Pero como en esta posición difícilmente podrán eludir a otros bailarines, es mucho mejor aproximase a la pista y observar la corriente de la circulación antes de adoptar una posición de comienzo, teniendo siempre en cuenta al resto de los bailarines.

Cuando abandonen la pista, especialmente si lo hacen durante un baile, deben tener la misma consideración. Bailen hasta el borde de la pista y déjenla en ese punto. Nunca deben llevarse bebidas por la pisa, ya que los derramamientos pueden causar charcos pegajosos o resbaladizos que resultan peligrosos para los bailarines y difíciles de limpiar. Fumar en la pista es algo totalmente inaceptable.

Con qué pie comenzar y por qué

Algunas escuelas de baile proponen comenzar el baile con un movimiento denominado movimiento básico natural, en el que el hombre empieza desplazando el pie derecho hacia delante, o con el movimiento básico inverso, en el que el hombre desplaza el pie izquierdo hacia delante. Ambos son correctos en teoría. Sin embargo, si el hombre puede desplazar hacia delante cualquiera de los dos pies sin girar, a la mujer le resulta imposible saber qué pie piensa utilizar. Por ello, lo mejor es comenzar el baile con la samba básica lateral o con una sacudida de la samba (véase el apartado siguiente), figuras en las que el hombre se desplaza hacia un lado y de este modo puede comunicar sus intenciones mucho más fácilmente a su pareja.

La consideración hacia otros bailarines es una norma básica en la pista de baile.

Samba y Lambada

Forma de agarrarse

En las distintas figuras de la samba se utilizan diferentes formas de agarrarse que describiremos a medida que sea necesario. Al comenzar a bailar conviene que el hombre elija una forma de agarrarse sencilla, que le permita establecer un buen contacto con la mujer para guiarla en el primer movimiento. Por ello la mayoría de los bailarines empiezan agarrados de cerca.

AGARRADOS DE CERCA
El hombre y la mujer están cara a cara, un poco separados. Él tiene la mano derecha ahuecada en el omóplato izquierdo de la mujer mientras que ella descansa la mano izquierda sobre la parte superior del brazo o sobre el hombro de él, de modo que su brazo traza la misma curva que el del hombre. Con el codo izquierdo a la misma altura que el derecho, el hombre sube la mano izquierda hasta justo debajo del nivel de los ojos y sostiene la mano derecha de la mujer. Su brazo izquierdo debe curvarse suavemente hacia delante para que su mano quede en una línea situada en medio de la pareja. El hombre inicia la operación presentando la mano izquierda a la mujer, con el pulgar extendido de forma natural hacia un lado. Entonces la mujer engancha en la mano del hombre, entre su pulgar y el resto de los dedos, primero el dedo corazón y luego los otros dedos. Entonces rodea con el pulgar la base del pulgar del hombre y éste cierra la mano. El brazo de la mujer sigue la curva del brazo izquierdo del hombre. Para evitar que los bailarines se pisen mientras están agarrados de cerca, la mujer debe colocarse ligeramente a la derecha del hombre, de forma que la línea de los botones de la camisa de éste queden frente al hombro derecho de ella. A pesar del nombre de esta forma de agarrarse, la pareja no tiene ningún contacto por el abdomen.

Posición de agarrados de cerca, vista desde dos ángulos.

Samba básica

Mientras empiezan a acostumbrarse a la velocidad, el ritmo y la acción de la samba, lo mejor es comenzar a bailar con un movimiento fácil. Comiencen agarrados de cerca, estando el hombre de cara a la pared y la mujer de cara a la línea central de la sala. Los pies deben estar juntos, el hombre apoyando el peso sobre el pie izquierdo y la mujer sobre el derecho.

Samba básica lateral derecha

1 Hombre
Desplácese a un lado con el pie derecho (cuente lento).

2 Hombre
Junte el pie izquierdo con el derecho (a).

3 Hombre
Traslade el peso del cuerpo al pie derecho (cuente lento).

1 Mujer
Desplácese a un lado con el pie izquierdo (cuente lento).

2 Mujer
Junte el pie derecho con el izquierdo (a).

3 Mujer
Traslade el peso del cuerpo al pie izquierdo (cuente lento).

Consejo de ritmo

Mientras bailan la samba básica lateral, pueden reforzar el ritmo diciendo para sí: «paso, cambio de pie».

Samba básica

Samba básica lateral izquierda

1 Hombre
Desplácese a un lado con el pie izquierdo (cuente lento).

2 Hombre
Junte el pie derecho con el izquierdo (*a*).

3 Hombre
Traslade el peso del cuerpo al pie izquierdo (cuente lento).

1 Mujer
Desplácese a un lado con el pie derecho (cuente lento).

2 Mujer
Junte el pie izquierdo con el derecho (*a*).

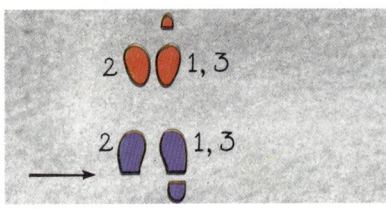
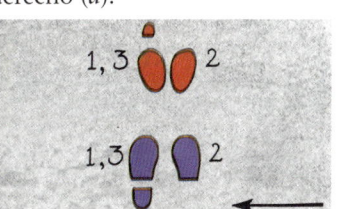

3 Mujer
Traslade el peso del cuerpo al pie derecho (cuente lento).

Samba y Lambada

Efecto de samba

Una vez aprendidos los pasos sencillos de la samba básica, desearán practicarla unas cuantas veces de manera continua. Mientras lo hacen, pueden empezar a introducir el importante efecto de samba que le proporciona su aspecto característico.

2 Hombre y mujer
Mientras bailan el paso 2, enderecen las rodillas un poco, pero no apoyen el tacón en el suelo.

1 Hombre y mujer
Empiecen con las rodillas un poco flexionadas. Al desplazarse a un lado, enderecen las rodillas. Mientras pasan el peso al pie que se mueve, apóyense en la parte delantera para luego ponerlo plano sobre el suelo. Flexionen las rodillas.

3 Hombre y mujer
Desciendan otra vez (parte delantera-pie plano) en el paso 3.

Este efecto se conoce como «el efecto de bote de la samba», pero han de tener cuidado de no exagerarlo: debe ser un efecto suave y rítmico que se siente en las rodillas y tobillos. El efecto de bote de la samba se utiliza en otras figuras de este libro.

Samba y Lambada

Sacudida de la samba

La sacudida de la samba es una figura básica muy práctica que utiliza el efecto de bote de la samba, sacándole un gran partido. Comiencen agarrados de cerca, con el hombre de cara a la pared y la mujer de cara a la línea central de la sala. El hombre descansa el peso sobre el pie izquierdo y la mujer sobre el derecho.

Sacudida a la derecha

1 Hombre
Desplácese a un lado con el pie derecho, parte delantera-pie plano (cuente lento).

2 Hombre
Cruce el pie izquierdo por detrás del derecho, colocando la punta del izquierdo justo detrás del talón derecho y girándolo un poco hacia fuera. Flexione las rodillas. Eleve el tacón derecho momentáneamente mientras se apoya sobre la punta del pie izquierdo (a).

3 Hombre
Apoye el peso del cuerpo sobre el pie derecho, parte delantera-pie plano (cuente lento).

1 Mujer
Desplácese a un lado con el pie izquierdo, parte delantera-pie plano (cuente lento).

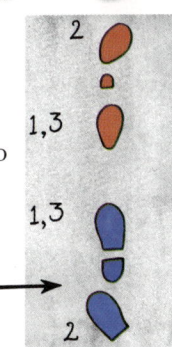

Mujer
Cruce el pie derecho por detrás del izquierdo, colocando la punta del derecho justo detrás del talón izquierdo y girándolo un poco hacia fuera. Flexione las rodillas. Eleve el tacón izquierdo momentáneamente mientras se apoya sobre la punta del pie derecho (a).

3 Mujer
Apoye el peso del cuerpo sobre el pie izquierdo, parte delantera-pie plano (cuente lento).

Sacudida de la samba

Sacudida a la izquierda

1 Hombre
Desplácese a un lado con el pie izquierdo, parte delantera-pie plano (cuente lento).

1 Mujer
Desplácese a un lado sobre el pie derecho, parte delantera-pie plano (cuente lento).

2 Hombre
Cruce el pie derecho por detrás del izquierdo, colocando la punta del derecho justo detrás del talón izquierdo y un poco abierta. Flexione las rodillas. Eleve el tacón izquierdo momentáneamente mientras se apoya en la punta del pie derecho (a).

Mujer
Cruce el pie izquierdo por detrás del derecho, colocando la punta del izquierdo justo detrás del talón derecho y un poco abierta. Flexione las rodillas. Eleve el tacón derecho momentáneamente mientras se apoya en la punta del pie izquierdo (a).

3 Hombre
Apoye el peso del cuerpo sobre el pie izquierdo, parte delantera-pie plano (cuente lento).

Mujer
Apoye el peso del cuerpo sobre el pie derecho, parte delantera-pie plano (cuente lento).

Juego de pies

El juego de pies se refiere a la parte del pie que toca el suelo durante un paso. Los bailarines a menudo utilizan abreviaturas.
PD = parte delantera del pie
PP = pie plano
P = punta
En la Sacudida de la samba, el juego de pies es por tanto: 1. PD PP, 2. P, 3. PD PP.

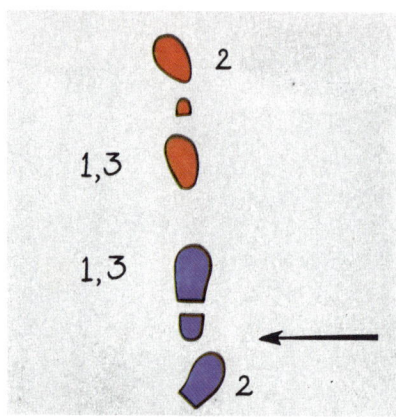

Samba y Lambada

Pasos de samba

Cruz latina
Al hecho de cruzar los pies en el paso 2 de la sacudida se le llama cruz latina. En algunas figuras puede bailarse como una cruz por delante.

Paso sin desplazarse
Al final del paso 3 de la sacudida de la samba el pie está en la misma posición que al comienzo del paso. A esto se le llama paso sin desplazarse.

Dar un paso
Cuando den un paso, recuerden que no sólo se desplaza el pie hasta la posición adecuada, sino que también se desplaza el peso corporal sobre ese pie. Esto es fundamental en la samba, donde el cuerpo necesitará colocarse en posición con el fin de estar preparado para un posible cambio de peso en un tiempo dividido.

Peso a un lado
Este término se aplica a un paso con una cuenta de *a* o de *y*, en la que el peso del cuerpo se traslada a un pie, pero sólo durante un momento, mientras el otro pie adopta una nueva posición.

Posición de paseo

En la posición de paseo, los bailarines adoptan una postura diferente respecto a la pareja. En esta posición, la distancia entre el costado izquierdo del hombre y el costado derecho de la mujer es mayor que la distancia entre el costado derecho del hombre y el costado izquierdo de la mujer. Esto significa que la pareja estará más «abierta» a la derecha de la mujer y a la izquierda del hombre. El que estén más o menos abiertos depende de la figura concreta que vayan a bailar.

Como resultado de adoptar esta posición, el hombre desciende la mano izquierda ligeramente y con la mano derecha rodea un poco más la espalda de la mujer. La mujer, igualmente, desplaza la mano izquierda por el hombro de él.

Samba y Lambada

Pasos en posición de paseo

Hasta ahora han bailado la samba básica lateral y la sacudida sin moverse del sitio. Los pasos de samba les permitirán desplazarse por la sala con la corriente. Estos pasos se bailan en la posición de paseo, por lo que habrá que modificar la sacudida con el fin de terminar en una posición adecuada para comenzar esta figura. Primero bailen una sacudida a la derecha, luego otra a la izquierda y una tercera a la derecha. En la última sacudida a la derecha, el hombre gira 90° a su izquierda y la mujer gira 90° a la derecha para terminar mirando en dirección a la corriente en una posición de paseo. El hombre descansa el peso sobre el pie derecho y la mujer sobre el izquierdo.

Paso con el pie izquierdo

1 Hombre
Dé un paso pequeño hacia delante con el pie izquierdo, moviéndose a favor de la corriente y terminando con las caderas sobre el pie. Acerque la rodilla derecha a la izquierda (cuente lento).

Mujer
Dé un paso pequeño hacia delante con el pie derecho, moviéndose a favor de la corriente y terminando con las caderas sobre el pie. Acerque la rodilla izquierda a la derecha (cuente lento).

Consejo de estilo

En los pasos de samba se utiliza un poco de efecto de bote, de modo que notarán cierto movimiento de balanceo al bailar esta figura.

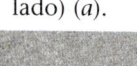

2 Hombre
Extienda el pie derecho hacia atrás (peso a un lado) (*a*).

Mujer
Extienda el pie izquierdo hacia atrás (peso a un lado) (*a*).

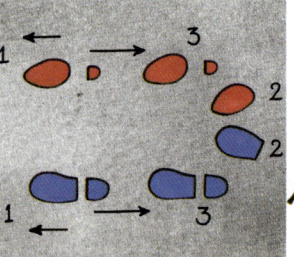

Pies
1. PD PP, 2. PD (borde interno), 3. PP.

PASOS EN POSICIÓN DE PASEO

Paso con el pie derecho

1 Hombre
Dé un pequeño paso hacia delante con el pie derecho, moviéndose a favor de la corriente y terminando con las caderas por encima del pie. Acerque la rodilla izquierda a la derecha (cuente lento).

Mujer
Dé un pequeño paso hacia delante con el pie izquierdo, moviéndose a favor de la corriente y terminando con las caderas por encima del pie. Acerque la rodilla derecha a la izquierda (cuente lento).

2 Hombre
Extienda el pie izquierdo hacia atrás (peso a un lado) (*a*).

Mujer
Extienda el pie derecho hacia atrás (peso a un lado) (*a*).

3 Hombre
Pase el pie derecho hacia atrás por debajo del cuerpo (cuente lento).

Mujer
Pase el pie izquierdo hacia atrás por debajo del cuerpo (cuente lento).

3 Hombre
Pase el pie izquierdo hacia atrás por debajo del cuerpo (cuente lento).

Mujer
Pase el pie derecho hacia atrás por debajo del cuerpo (cuente lento).

Repitan el paso de samba: ahora el hombre empieza con el pie derecho y la mujer con el izquierdo.

Breve repertorio básico

- Sacudida a la derecha, a la izquierda y a la derecha, terminando en posición de paseo.
- Paso de samba con el pie izquierdo, paso de samba con el pie derecho.
- Paso de samba con el pie izquierdo, paso de samba con el pie derecho.
- Sacudida de samba a la izquierda, girando 90° a la derecha en el caso del hombre, y 90° a la izquierda en el caso de la mujer, para terminar mirando a la línea central.
- Comenzar de nuevo desde el principio.

Pies

1. PD PP, 2. PD (borde interno), 3. PP.

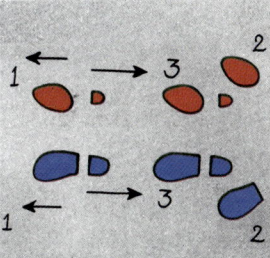

Ahora pueden repetir los pasos de samba en posición de paseo, comenzando con pies alternos.

Paso lateral de samba

Algunas figuras se unen mediante un movimiento de enlace. El paso lateral de samba es una versión modificada de la figura que acabamos de aprender, y permite pasar a otra figura clásica: la volta. Comiencen tras haber bailado el paso de samba con el pie izquierdo en la posición de paseo. El hombre descansa sobre el pie izquierdo y la mujer sobre el derecho. La pareja se encuentra en posición de paseo, mirando en dirección a la corriente. En esta figura se utiliza un ligero efecto de bote.

1 Hombre
Dé un pequeño paso hacia delante con el pie derecho, desplazándose con la corriente y terminando con las caderas por encima del pie. Acerque la rodilla izquierda a la derecha (cuente lento).

Mujer
Dé un pequeño paso hacia delante con el pie izquierdo, desplazándose con la corriente y terminando con las caderas por encima del pie. Acerque la rodilla derecha a la izquierda (cuente lento).

2 Hombre
Girando 45° a la derecha, extienda el pie izquierdo a un lado (peso a un lado) (*a*).

Mujer
Girando 45° a la izquierda, extienda el pie izquierdo a un lado (peso a un lado) (*a*).

3 Hombre
Deslice el pie derecho a la izquierda por debajo del cuerpo. Ha terminado en la posición de paseo abierta (cuente lento).

Mujer
Deslice el pie izquierdo a la derecha por debajo del cuerpo. Ha terminado en la posición de paseo abierta (cuente lento).

Pies
1. PD PP, 2. PD (borde interno), 3. P.

Continúen con la volta viajera o el Botafogos en la posición sombreada.

Voltas viajeras

Su ritmo vibrante y su color han convertido a la *volta* en una figura clásica del repertorio de la samba. Su popularidad ha provocado que se hayan creado varias versiones, todas ellas interesantes y divertidas. En esta versión las trayectorias del hombre y de la mujer se cruzan mientras avanzan a lo largo de la pista en la volta viajera. Este movimiento extiende el ritmo de «lento, *a*, lento» a través de dos compases y se cuenta siempre como «1 *a* 2 *a* 3 *a* 4». Comiencen tras haber bailado el paso lateral, el hombre sobre el pie derecho y la mujer sobre el izquierdo en la posición de paseo abierta. El hombre sostiene la mano derecha de la mujer con su izquierda. Durante toda la figura se utiliza el efecto de bote y el peso corporal se deposita en el pie que está delante.

VOLTA VIAJERA A LA DERECHA

Hombre Baile trazando una curva suave primero hacia la pared y luego a la izquierda, para terminar de cara a la línea central de la sala. Los pies trazarán la trayectoria de la figura en líneas paralelas. Al empezar el movimiento, suba la mano izquierda para permitir que la mujer pase bajo su brazo y delante de usted. Cuando haya pasado, puede volver a colocar la mano en su posición normal. Comience con el pie izquierdo, que permanecerá delante.

Mujer Trace una curva suave hacia la línea central y luego a la derecha, para terminar de cara a la pared. Los pies trazarán la trayectoria de la figura en líneas paralelas. Durante la figura el hombre le subirá la mano para que pueda pasar bajo el brazo de él y por delante. Comience con el pie derecho, que permanecerá delante.

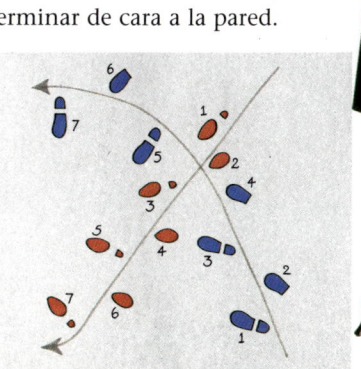

1 Hombre
Desplace el pie izquierdo cruzándolo por delante del derecho y a lo largo de la curva (cruz latina) (cuente lento-1).

1 Mujer
Desplace el pie derecho cruzándolo por delante del izquierdo y a lo largo de la curva (cruz latina) (cuente lento-1).

Samba y Lambada

2 Hombre
Con el pie derecho, dé un paso corto hacia un lado a lo largo de la curva (peso a un lado) (*a*).

2 Mujer
Con el pie izquierdo, dé un paso corto hacia un lado a lo largo de la curva (peso a un lado) (*a*).

3 Hombre
Cruce el pie izquierdo por delante del derecho y a lo largo de la curva (cruz latina) (cuente lento-2).
Mujer
Cruce el pie derecho por delante del izquierdo y a lo largo de la curva (cruz latina) (cuente lento-2).

4 Hombre
Con el pie derecho, dé un paso corto a un lado a lo largo de la curva (peso a un lado) (*a*).
Mujer
Con el pie izquierdo, dé un paso corto a un lado a lo largo de la curva (peso a un lado) (*a*).

5 Hombre
Repita el paso 3 (cuente lento-3).
Mujer
Repita el paso 3 (cuente lento-3).

6 Hombre
Repita el paso 4 (peso a un lado) (*a*).
Mujer
Repita el paso 4 (peso a un lado) (*a*).

7 Hombre
Cruce el pie izquierdo por delante del derecho y a lo largo de la curva para terminar de cara a la línea central (cruz latina) (cuente lento-4).
Mujer
Cruce el pie derecho por delante del izquierdo y a lo largo de la curva para terminar de cara a la pared (cruz latina) (cuente lento-4).

Pies
1. PD, PP, 2. P, 3. PD, PP, 4. P, 5. PD, PP, 6. P, 7. PD, PP.

Ahora pueden continuar con la volta viajera a la izquierda.

Voltas viajeras

Volta viajera a la izquierda

Hombre Trace una curva suave primero hacia la línea central y luego a la derecha, para terminar de cara a la pared. Los pies trazarán la trayectoria en líneas paralelas. Al empezar el movimiento, suba la mano izquierda para que la mujer pueda pasar debajo de su brazo por delante de usted. Cuando haya pasado, ponga la mano en posición normal. Comience con el pie derecho, que permanecerá delante, y apoye en él el peso del cuerpo.

Mujer Trace una curva suave primero hacia la pared y luego a la izquierda, para terminar de cara a la línea central. Los pies trazarán la figura en líneas paralelas. El hombre le subirá la mano para que pueda pasar debajo de su brazo y delante de él. Comience con el pie izquierdo, que permanecerá delante, y apoye en él el peso del cuerpo.

Pies

1. PD, PP, 2. P, 3. PD, PP, 4. P, 5. PD, PP, 6. P, 7. PD, PP.

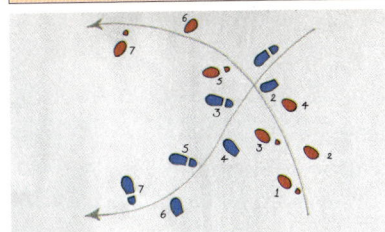

1 Hombre
Desplace el pie derecho, cruzándolo por delante del izquierdo y a lo largo de la curva (cruz latina) (cuente lento-1).

1 Mujer
Desplace el pie izquierdo, cruzándolo por delante del derecho, y a lo largo de la curva (cruz latina) (cuente lento-1).

2 Hombre
Con el pie izquierdo, dé un paso corto hacia un lado a lo largo de la curva (peso a un lado) (*a*).

Mujer
Con el pie derecho, dé un paso corto a un lado a lo largo de la curva (peso a un lado) (*a*).

3 Hombre
Cruce el pie derecho por delante del izquierdo y a lo largo de la curva (cruz latina) (cuente lento-2).

Mujer
Cruce el pie izquierdo por delante del derecho y a lo largo de la curva (cruz latina) (cuente lento-2).

Samba y Lambada

4 Hombre
Con el pie izquierdo, dé un paso corto a un lado a lo largo de la curva (peso a un lado) (*a*).
Mujer
Con el pie derecho, dé un paso corto a un lado a lo largo de la curva (peso a un lado) (*a*).

5 Hombre
Cruce el pie derecho por delante del izquierdo y a lo largo de la curva (cruz latina) (cuente lento-3).
Mujer
Cruce el pie izquierdo por delante del derecho y a lo largo de la curva (cruz latina) (cuente lento-3).

6 Hombre
Con el pie izquierdo, dé un paso corto a un lado a lo largo de la curva (peso a un lado) (*a*).
Mujer
Con el pie derecho, dé un paso corto a un lado a lo largo de la curva (peso a un lado) (*a*).

7 Hombre
Cruce el pie derecho por delante del izquierdo y a lo largo de la curva para terminar de cara a la pared (cruz latina) (cuente lento-4).
Mujer
Cruce el pie izquierdo por delante del derecho y a lo largo de la curva para terminar de cara a la línea central (cruz latina) (cuente lento-4).

Consejo de efecto

Es importante que tanto el hombre como la mujer mantengan el peso del cuerpo hacia delante, sobre el pie delantero, en las voltas viajeras, de forma que sólo se cargue en el pie trasero el peso necesario para permitir que el delantero avance. No deben exagerar ni el descenso (parte delantera-pie plano) sobre el pie delantero ni la elevación (punta) sobre el trasero. Sólo deben sentir un ligero movimiento hacia arriba y hacia abajo por el efecto de bote. Mantengan el cuerpo erguido. Den pasos pequeños, que resultan más cómodos y mucho más elegantes.

Después de bailar las voltas viajeras a la izquierda y a la derecha, se encuentran ahora en una posición adecuada para continuar con el repertorio, comenzando por la sacudida de la samba a la izquierda.

Samba y Lambada

Qué hacer con el brazo libre

En la samba hay muchos movimientos en los que sólo hay que agarrarse con una mano. Siguiendo algunas normas generales sobre qué hacer con el brazo y la mano libres, podremos dar al baile un magnífico aspecto y un gran equilibrio.

• En los bailes de sociedad, el brazo libre nunca debe elevarse por encima del hombro. No hay ninguna razón para ello y hace que el bailarín parezca más bajo.

• El brazo libre no debe dejarse caído a un lado, ya que esto impide lograr un buen equilibrio.

• Durante los movimientos, la posición de la mano y del brazo libres debe imitar la altura y la curva de la otra mano y del otro brazo. Los dedos de la mano libre pueden mantenerse juntos con el pulgar extendido, o bien se pueden bajar el dedo corazón y anular ligeramente para dar un aspecto más latino.

• Durante una vuelta sin moverse del sitio, el brazo debe quitarse del camino cruzando el cuerpo. Luego se devolverá a su posición con naturalidad, de modo que sea un reflejo de la otra mano y el otro brazo.

• Mientras se habitúan al baile, pueden responder en los pasos moviendo el brazo libre de una forma natural, suave y equilibrada.

• No exageren los movimientos y traten no sólo de coordinar sus propios movimientos, sino también de adaptarlos a los de su pareja.

• Conviene mantener el brazo libre relativamente inmóvil con relación al cuerpo, con lo que se consigue realzar el efecto de las piernas y las caderas. Si desean más referencias, observen las fotografías que acompañan a las figuras.

Piernas y caderas

Se ha hablado mucho del efecto que producen la caderas en la samba y, sin embargo, un movimiento apropiado de las caderas es sólo consecuencia de un buen movimiento de las piernas, las rodillas y los tobillos. Ya hemos descrito con detalle el efecto de bote y proporcionamos consejos sobre otros tipos de efectos.

Botafogos en posición sombreada

*B*otafogo es un barrio de la bella ciudad de Río de Janeiro y de él tomó el nombre la figura que presentamos a continuación. Los *Botafogos*, como las *voltas*, se han convertido en una figura clásica representativa del carácter de la samba. Se puede insertar el Botafogos en posición sombreada entre el paso lateral y la volta viajera a la derecha. Durante el Botafogos, el hombre mantiene agarrada a la mujer con la mano izquierda mientras ella baila delante de él. Durante la figura se emplea un suave efecto de bote de la samba. Se avanza ligeramente con la corriente.

1 **Hombre**
Desplácese adelante con el pie izquierdo, justo detrás de la mujer (cuente lento).

3 **Hombre**
Dé un paso con el pie izquierdo sin desplazarse, completando un giro de 90° a la izquierda (cuente lento).

1 **Mujer**
Desplácese adelante con el pie derecho, por delante del hombre (cuente lento).

2 **Hombre**
Comenzando a girar a la izquierda, desplácese a un lado con el pie derecho (peso a un lado) (*a*).
Mujer
Comenzando a girar a la derecha, desplácese a un lado con el pie izquierdo (peso a un lado) (*a*).

3 **Mujer**
Dé un paso con el pie derecho sin desplazarse, completando un giro de 90° a la derecha (cuente lento).

4 **Hombre**
Desplácese hacia delante con el pie derecho, situándose a la izquierda de la mujer (cuente lento).
Mujer
Desplácese hacia delante con el pie izquierdo, situándose delante del hombre (cuente lento).

BOTAFOGOS

▶ 5 Hombre
Comenzando a girar a la derecha, desplácese a un lado con el pie izquierdo (peso a un lado) (*a*).

Mujer
Comenzando a girar a la izquierda, desplácese a un lado con el pie derecho (peso a un lado) (*a*).

◀ 6 Hombre
Dé un paso sin moverse del sitio con el pie derecho, completando un giro de 90° a la derecha (cuente lento).

Mujer
Dé un paso sin moverse del sitio con el pie izquierdo, completando un giro de 90° a la izquierda (cuente lento).

Posibles combinaciones
- Paso lateral de samba, Botafogos, volta viajera a la derecha.
- Volta viajera a la derecha, Botafogos (4-6, y luego 1-3), volta viajera a la izquierda.

Es divertido experimentar para crear un repertorio propio, así que anímense a probar y disfruten.

7-9 Hombre y mujer
Repitan los pasos 1-3 (cuenten lento, *a*, lento).

Consejo de estilo
Si han bailado el Botafogos después del paso lateral de samba, ahora pueden continuar el repertorio bailando la volta viajera a la derecha.

Pies
1. PD, PP, 2. P (borde interno), 3. PD, PP, 4. PD, PP, 5. P (borde interno), 6. PD, PP, 7. PD, PP, 8. P (borde interno), 9. PD, PP.

Esta figura puede bailarse también entre la volta viajera a la derecha y la volta viajera a la izquierda. En este caso, comiencen el Botafogos en la posición de paseo en el paso 4: bailen los pasos 4-6 y 1-3, luego continúen con la volta viajera a la izquierda.

Samba y Lambada

Cambio con patada

Esta divertida figura de la samba se puede adoptar tras la volta viajera a la derecha. El hombre mira a la línea central y descansa en el pie izquierdo, cruzado sobre el derecho. La mujer está de frente a la pared y descansa en el pie derecho, cruzado sobre el izquierdo. El hombre sostiene la mano derecha de la mujer con su izquierda.

1 Hombre
Desplácese adelante y un poco a la izquierda con el pie derecho (cuente lento).

3 Hombre
Desplácese hacia atrás con el pie izquierdo (cuente lento).

1 Mujer
Desplácese hacia delante y un poco a la izquierda con el pie izquierdo (cuente lento).

2 Hombre
Inclinándose un poco hacia la izquierda, dé una patada desde la rodilla con el pie izquierdo (cuente lento).

Mujer
Inclinándose un poco hacia la derecha, dé una patada desde la rodilla con el pie derecho (cuente lento).

3 Mujer
Desplácese hacia atrás con el pie derecho (cuente lento).

Pies

1. PD, PP, 2. patada, 3. PD, PP, 4. PD, 5. PD, PP.

CAMBIO CON PATADA

4 **Hombre**
Sitúe el pie derecho detrás del izquierdo (peso a un lado) (*a*).

4 **Mujer**
Sitúe el pie izquierdo detrás del derecho (peso a un lado) (*a*).

Repaso del repertorio

- Sacudida de la samba a la derecha, a la izquierda y a la derecha, terminando en la posición de paseo.
- Paso de samba con el pie izquierdo, paso de samba con el pie derecho, paso de samba con el pie izquierdo.
- Paso lateral de samba.
- Botafogos en posición sombreada.
- Volta viajera a la derecha.
- Cambio con patada, cambio con patada.
- Botafogos, pasos 4-6, 1-3 (opcional).
- Volta viajera a la izquierda.
- Sacudida de samba a la izquierda.
- Comenzar de nuevo.

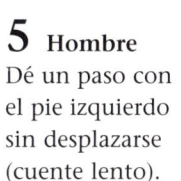

5 **Hombre**
Dé un paso con el pie izquierdo sin desplazarse (cuente lento).

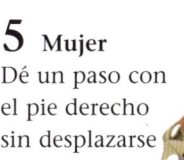

5 **Mujer**
Dé un paso con el pie derecho sin desplazarse (cuente lento).

Consejo de estilo

Para añadir un toque de elegancia a esta figura, la pareja puede tocarse con las manos libres en el paso 2, el de la patada. Si esta figura les parece difícil al principio, pueden sustituir los pasos 4-5 por una simple puntada detrás con el pie derecho el hombre y con el izquierdo la mujer, que se contará lento.

A muchos bailarines les gusta repetir este movimiento antes de continuar con la volta viajera a la izquierda.

Giros de samba

Mientras el hombre baila una sacudida, la mujer puede realizar su movimiento efectuando una serie de giros. La mujer gira a la derecha cuando el hombre baila la sacudida a la izquierda y gira a la izquierda cuando el hombre baila la sacudida a la derecha. Utilicen el efecto de bote de la samba cuando bailen esta figura.

GIRO A LA DERECHA BAJO EL BRAZO – La mujer efectúa este giro mientras el hombre baila la sacudida a la izquierda. Comiencen después de bailar la volta viajera a la izquierda. El hombre está apoyado sobre el pie derecho, tras cruzarlo por delante del izquierdo, y la mujer descansa sobre el pie izquierdo, tras cruzarlo por delante del derecho.

1 Hombre
Desplácese al lado con el pie izquierdo (parte delantera-pie plano), subiendo el brazo izquierdo (cuente lento).

Mujer
Desplácese al lado con el pie derecho (parte delantera-pie plano), crúcelo delante del izquierdo y comience a girar a la derecha bajo el brazo del hombre (cuente lento).

2 Hombre
Cruce el pie derecho por detrás del izquierdo (cruz latina, peso a un lado) (a).

Mujer
Desplace el pie izquierdo a un lado y atrás (peso a un lado), mientras sigue girando a la derecha (a).

3 Hombre
Dé un paso sin desplazarse con el pie izquierdo (parte delantera-pie plano), bajando el brazo izquierdo (cuente lento).

Mujer
Cruce el pie derecho por delante y siga girando a la derecha hasta quedar de cara al hombre (cuente lento).

Continúen con una sacudida de la samba a la derecha y vuelvan a su repertorio.

Giros de Samba

GIRO A LA IZQUIERDA BAJO EL BRAZO – *Este giro se baila de la misma manera que el giro a la derecha bajo el brazo, pero esta vez el hombre baila una sacudida de la samba a la derecha y eleva el brazo izquierdo.*

1 Hombre
Desplácese a un lado con el pie derecho, elevando el brazo izquierdo (cuente lento).

3 Hombre
Dé un paso sin moverse del sitio con el pie derecho, bajando el brazo izquierdo (cuente lento).

1 Mujer
Desplácese a un lado con el pie izquierdo, cruzándolo por delante del derecho, y comience a girar a la izquierda bajo el brazo elevado del hombre (cuente lento).

2 Hombre
Cruce el pie izquierdo por detrás del derecho (peso a un lado) (*a*).
Mujer
Desplace el pie derecho a un lado y detrás (paso un lado), mientras continúa girando a la izquierda (*a*).

3 Mujer
Cruce el pie izquierdo por delante del derecho y siga girando a la izquierda para situarse de cara al hombre (cuente lento).

Continúen con una sacudida de la samba a la izquierda y vuelvan a su repertorio.

Pies
1. PD, PP, 2. PD, 3. PD, PP.

Samba y Lambada

Giro con cambio de pie

Se trata de otro movimiento de enlace que abre la puerta a una serie de opciones de baile diferentes y divertidas. La mujer baila sólo dos pasos mientras que el hombre baila tres. Ella baila el paso 1 mientras que el hombre baila los pasos 1 y 2. Este movimiento sustituye a la vuelta a la izquierda bajo el brazo.

Agarrados a la sombra

En esta forma de agarrarse, el hombre se coloca a la izquierda y un poquito detrás de la mujer. Con la mano izquierda sujeta la izquierda de la mujer. La mano derecha de ella se extiende a un lado, más o menos a la altura del hombro, y la mano derecha del hombre se desplaza al omoplato derecho de la mujer.

Ahora pueden dar un salto importante. Agarrados a la sombra pueden bailar de nuevo todo el repertorio, pero esta vez de forma que la mujer baile los mismos pasos que el hombre. Siempre que usen esta forma de agarrarse, es importante que el hombre ayude a la mujer a situarse y que la mantenga en la misma posición relativa respecto a él durante todos los movimientos.

Hombre
Baile la sacudida a la derecha, subiendo el brazo derecho y girando la figura 90° a la izquierda para terminar mirando en dirección a la corriente. Durante el giro, suelte la mano y adopte la posición de agarrados a la sombra en el paso 3.

1 Mujer
Desplácese a un lado con el pie izquierdo (parte delantera-pie plano) y comience a girar a la izquierda bajo el brazo del hombre (cuente lento).

2 Mujer
Mientras sigue girando a la izquierda sobre el pie izquierdo, junte el pie derecho con el izquierdo y termine apoyada sobre el derecho, mirando en dirección a la corriente y en posición de agarrados a la sombra (cuente lento).

Giro con cambio de pie

Giro con cambio de pie pasando de agarrados a la sombra a agarrados de cerca – *Al final de las voltas viajeras agarrados a la sombra, el hombre sigue con una sacudida a la izquierda. La mujer, sin embargo, necesita volver a bailar utilizando el pie contrario al del hombre. Esto se consigue mientras el hombre baila una sacudida normal a la izquierda: el hombre guía esta figura moviendo la mano izquierda un poco a la izquierda y presionando ligeramente en la espalda de la mujer con la mano derecha durante el último paso de la volta; luego desplaza la mano izquierda a la derecha y cruzada para indicar el giro a la mujer a la cuenta de* a *de la sacudida. Entonces él suelta la mano para que ella pueda girar.*

▶ **1 Mujer**
Desplácese hacia delante con el pie izquierdo y comience a girar hacia el hombre (cuente lento).

▶ **2 Mujer**
Junte el pie derecho con el izquierdo, girando para terminar de cara al hombre (cuente lento).

Repertorio con la posición de agarrados a la sombra

- Sacudida de la samba a la derecha, a la izquierda y a la derecha, terminando en una posición de paseo.
- Paso de samba con el pie izquierdo, paso de samba con el pie derecho, paso de samba con el pie izquierdo.
- Paso lateral de samba.
- Volta viajera a la derecha.
- Cambio con patada, cambio con patada.
- Volta viajera a la izquierda.
- Sacudida de la samba a la izquierda (hombre), con giro a la derecha con cambio de pie (mujer).
- Sacudida de samba a la derecha (hombre), con giro a la izquierda con cambio de pie (mujer).
- Repitan todo el programa agarrados a la sombra, terminando con la sacudida de la samba a la izquierda (hombre), con giro con cambio de pie pasando de agarrados a la sombra a agarrados de cerca (mujer).
- Comiencen de nuevo.

Adopten la posición normal de agarrados de cerca y continúen con la sacudida de la samba a la derecha.

Pasos laterales de samba

Los pasos laterales de samba pueden añadirse al programa después de la volta viajera a la izquierda y antes de continuar con la sacudida a la izquierda. Con esta figura se desplazan lateralmente a lo largo de la sala con la corriente. El hombre comienza agarrado con las dos manos, con las palmas mirando a la mujer y las manos a la altura de los hombros. El hombre descansa sobre el pie derecho de cara a la pared y la mujer sobre el pie izquierdo de cara a la línea central.

1 Hombre
Desplácese a un lado con el pie izquierdo (cuente lento).
Mujer
Desplácese a un lado con el pie derecho (cuente lento).

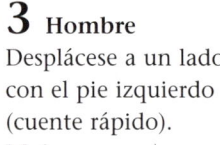

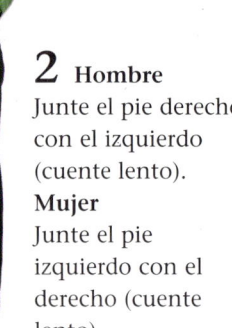

2 Hombre
Junte el pie derecho con el izquierdo (cuente lento).
Mujer
Junte el pie izquierdo con el derecho (cuente lento).

3 Hombre
Desplácese a un lado con el pie izquierdo (cuente rápido).
Mujer
Desplácese a un lado con el pie derecho (cuente rápido).

4 Hombre
Junte el pie derecho con el izquierdo (cuente rápido).
Mujer
Junte el pie izquierdo con el derecho (cuente rápido).

5 Hombre y Mujer
Repitan el paso 1 del paso lateral de samba (cuenten lento).

Consejo de estilo

Los pasos laterales utilizan un efecto del merengue. Este baile se caracteriza porque retrasa el traspaso de peso sobre el pie que se está moviendo hasta que se mueve el otro pie.

1 Coloquen el pie en posición con un poco de presión sobre el suelo pero sin trasladar el peso todavía.

2 Trasladen el peso del cuerpo al pie que acaban de mover y estiren la rodilla. Den el paso siguiente sin apoyar nada de peso en el pie y levantando el tacón del suelo. Estiren la rodilla de la pierna que está apoyada, cruzando un poco la otra rodilla.

Utilicen este efecto en los pasos laterales de samba, excepto en el paso 10.

6-9
Repitan los pasos 2-5 (cuenten lento, lento, rápido, rápido).

10
Repitan el paso 2 (cuenten lento).

Pasos laterales con vuelta

Pueden añadir cierta gracia a los pasos laterales introduciendo un giro para la mujer en los pasos 3-5. Bailen los pasos 1-2 de los pasos laterales, pero sin efecto merengue en el paso 2, de modo que el hombre se apoye totalmente en el pie derecho y la mujer en el izquierdo. El hombre suelta la mano derecha y sube la izquierda para que la mujer gire bajo el brazo a lo largo de la sala, mientras el hombre sigue bailando los pasos normales 3-5 con efecto merengue. Al final del paso 5 vuelven a agarrarse con las dos manos. La mujer debe recordar que durante la vuelta sigue avanzando por la sala, así que tiene que mantener los pies separados y no retroceder en el giro.

3 Mujer
Desplácese hacia delante con el pie derecho, girando a la derecha para mirar de frente a la corriente (cuente rápido).

4 Mujer
Desplácese a un lado con el pie izquierdo, con la corriente y a lo largo de la sala, todavía girando a la derecha para terminar de espaldas al hombre (cuente rápido).

5 Mujer
Siguiendo con el giro a la derecha, desplácese a un lado con el pie derecho, con la corriente y a lo largo de la sala, para terminar de cara al hombre. Vuelva a agarrarse con las dos manos (cuente lento).

6-10 Mujer
Baile los pasos laterales de samba normales, con el efecto merengue.

Samba y Lambada

Contra Botafogos

El mismo tipo de movimiento del Botafogos clásico puede utilizarse ahora con una variación interesante. En el contra Botafogos se baila en frente de la pareja. Comiencen tras bailar tres pasos de samba, de forma que el hombre se apoye en el pie izquierdo y la mujer en el derecho, con la corriente. Con este movimiento no se avanza alrededor de la sala. Durante la figura se utiliza un ligero efecto de bote. En la primera parte del movimiento, el hombre baila sólo dos pasos mientras la mujer baila tres, lo que le permite cambiar los pies y prepararse para el contra Botafogos.

CAMBIO DE PIE PREPARATORIO

1 Hombre
Soltando la mano derecha, apunte con el pie derecho hacia delante en diagonal, sin depositar nada de peso en él (cuente lento).
Mujer
Dé un pequeño paso hacia delante con el pie izquierdo, comenzando a girar a la izquierda en diagonal, de cara a la línea central de la sala (cuente lento).

2 Hombre
Agarrándose con las dos manos, lleve el pie derecho hacia atrás (cuente lento).
Mujer
Continuando con el giro a la izquierda, desplácese hacia un lado con el pie derecho (peso a un lado) (*a*).

3 Mujer
Dé un paso sin moverse de su sitio con el pie izquierdo hacia la línea central, completando un giro a la izquierda de $3/8$ para finalizar de cara al hombre.

CONTRA BOTAFOGOS – *En esta figura, los pasos para el hombre y para la mujer son iguales.*

1 Den un paso corto hacia delante con el pie derecho (cuenten lento).

2 Desplácense a un lado girando a la derecha con el pie izquierdo (peso a un lado) (*a*).

Contra botafogos

3 Den un paso sin moverse del sitio con el pie derecho, completando un giro de 90° a la derecha (cuenten lento).

4 Den un paso corto hacia delante con el pie izquierdo (cuenten lento).

5 Girando a la izquierda, desplácense hacia un lado con el pie derecho (peso a un lado) (*a*).

6 Den un paso con el pie izquierdo sin desplazarse, completando un giro de 90° a la izquierda (cuenten lento).

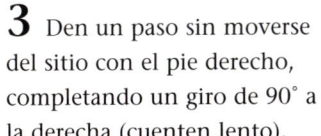

Pies

1. PD, PP, 2. P (borde interno), 3. PD, PP, 4. PD, PP, 5. P (borde interno), 6. PD, PP.

Salida

Hombre
Repita el cambio de pie preparatorio, soltando la mano derecha en el primer paso y volviendo a agarrarse de la forma adecuada para la próxima figura en el segundo paso.

Mujer
Repita el contra Botafogos y agárrese de la forma adecuada para la siguiente figura tal y como lo determine el hombre.

Ahora pueden repetir los pasos 1-6 del contra Botafogos.

Samba y Lambada

Volta continua

La volta continua es una versión algo más compleja de la volta viajera y tiene un aspecto sorprendentemente nuevo y atractivo. A diferencia de las voltas viajeras, con este movimiento no se avanza por la sala. Para llegar a la posición adecuada, bailen el cambio de pie preparatorio (hombre) y el Botafogos preparatorio (mujer), como describimos anteriormente, para comenzar en la misma posición que para el contra Botafogos. Tanto el hombre como la mujer descansan sobre el pie izquierdo agarrados con las dos manos. El hombre baila una serie de voltas alrededor de la mujer para terminar mirando de cara a la corriente agarrados a la sombra, con la mujer a su izquierda.

1. Hombre
Cruce el pie derecho por delante del izquierdo (cruz latina), girando en el sentido de la agujas del reloj alrededor de la mujer. Eleve el brazo derecho hacia la izquierda para guiar a la mujer para un giro (cuente lento-1).

1 Mujer
Desplácese con el pie derecho (cruz latina) girando en el sentido de las agujas del reloj (cuente lento-1).

2 Hombre
Dé un paso corto a un lado con el pie izquierdo, a lo largo de la curva (peso a un lado). Comience a girar la mano derecha en el sentido de las agujas del reloj, dejando la izquierda a la altura de la cintura de modo que la mujer comience a girar (a).

Mujer
Dé un paso pequeño a un lado con el pie izquierdo (peso a un lado), mientras sigue girando en el sentido de las agujas del reloj (a).

3 Hombre
Cruce el pie derecho por delante del izquierdo a lo largo de la curva (cruz latina), guiando aún a la mujer para que gire (cuente lento-2).

Mujer
Desplácese con el pie derecho (cruz latina), todavía girando a la derecha (cuente lento-2).

4 Hombre
Dé un paso pequeño con el pie izquierdo a lo largo de la curva (peso a un lado), aún guiando a la mujer en el giro (a).

4 Mujer
Dé un paso pequeño a un lado con el pie izquierdo (peso a un lado), todavía girando hacia la derecha (a).

Volta continua

5 Hombre
Cruce el pie derecho por delante del izquierdo y a lo largo de la curva (cruz latina) y siga haciendo girar a la mujer (cuente lento-3).

Mujer
Desplácese con el pie derecho (cruz latina) y siga girando a la derecha (cuente lento-3).

7 Hombre
Cruce el pie derecho delante del izquierdo a lo largo de la curva (cruz latina) para terminar de cara a la corriente. Baje la mano derecha a la altura de la cintura. Termine agarrados a la sombra, con la mujer a su izquierda (cuente lento-4).

6 Hombre
Dé un pequeño paso a un lado con el pie izquierdo, a lo largo de la curva (peso a un lado) y continúe haciendo girar a la mujer (*a*).

Mujer
Dé un pequeño paso a un lado con el pie izquierdo (peso a un lado) y siga girando a la derecha (*a*).

Consejo

Durante la volta continua, la mujer girará sobre la parte delantera del pie derecho, que debe quedar en la misma posición en el suelo. Durante los pasos 1-6 el hombre mantendrá el pie derecho mirando a la mujer.

7 Mujer
Gire dentro del brazo izquierdo de él. Con el pie derecho (cruz latina), siga girando a la derecha hasta quedar de cara a la corriente, agarrada a la sombra con él a su derecha (cuente lento-4).

Salida de la volta

Manteniéndose en la posición de agarrados a la sombra muy juntos, bailen dos o cuatro pasos de samba, ambos comenzando con el pie izquierdo.

En el último paso de samba, el hombre debe soltar la mano derecha y bailar un paso lateral de samba, siguiendo los pasos de la mujer en el paso lateral de samba que mostramos anteriormente, contando lento, *a*, lento. Mientras tanto la mujer debe bailar dos pasos hacia delante: pie izquierdo, pie derecho (cuente lento, lento).

Continúen con el Botafogos en posición sombreada, comenzando por el paso 4 o, mejor aún, con la volta viajera a la izquierda, para terminar uno en frente del otro.

Samba reggae

La samba *reggae* es una divertida variante de la samba que pueden aprender incluso quienes no están acostumbrados a bailar. Se trata de un baile para el que no se necesita pareja. Su música, de ritmo vibrante y pegadizo, procede de la región de Bahía, en el noreste de Brasil, y es una mezcla entre samba y reggae. Produce un efecto no muy distinto al del aerobic, con los bailarines individuales mirando al frente, diseminados al azar o en filas. En Brasil, la samba reggae bailada al aire libre puede reunir gran número de participantes, que siguen los movimientos del guía. Ha llegado el momento de relajarse y de mover las caderas con unos cuantos movimientos típicos.

PASO BÁSICO – *Se trata del movimiento básico de la samba reggae y es muy similar a la samba básica lateral, pero sin el cambio de peso. Comiencen con los pies un poco separados. Sientan el ritmo e interprétenlo añadiendo su propia expresión al movimiento básico. Utilicen todo el cuerpo para bailar.*

1 Desplácese a un lado con el pie izquierdo (cuente lento).

2 Dé una puntada con el pie derecho colocándolo cerca del izquierdo (cuente lento).

3 Desplácese a un lado con el pie derecho (cuente lento).

4 Dé una puntada con el pie izquierdo colocándolo cerca del derecho (cuente lento).

Bailen la samba reggae cuatro veces.

Samba reggae

Paso de Mike Tyson – En este paso se encogen los hombros imitando un movimiento que hacen boxeadores como el campeón mundial de pesos pesados Mike Tyson. En Bahía todo el mundo conoce el paso de Mike Tyson. No hay necesidad de dar pasos en este movimiento. Comiencen con los pies separados, apoyados sobre el pie derecho.

O Pente – Por supuesto, todo el mundo quiere causar buena impresión cuando sale a bailar y el aspecto personal y el estilo son importantes. En este movimiento, parece que los bailarines se peinan el pelo, de ahí que se llame «el peine». En O Pente no hay pasos, por lo que los pies no se mueven. Comiencen con los pies separados y apoyados en el derecho.

1 Traslade el peso del cuerpo al pie izquierdo y mueva el hombro izquierdo hacia delante, mientras cierra los puños (cuente lento, lento).

1 Traslade el peso del cuerpo lentamente al pie izquierdo, al tiempo que gira el tronco a la derecha. Pásese la mano izquierda sobre la cabeza como si estuviera peinándose (cuente lento, lento).

2 Traslade el peso del cuerpo al pie derecho y mueva el hombro derecho hacia delante, mientras cierra los puños (cuente lento, lento).

2 Traslade el peso del cuerpo lentamente al pie derecho, al tiempo que gira el tronco a la izquierda. Pásese la mano derecha sobre la cabeza como si estuviera peinándose (cuente lento, lento).

Samba y Lambada

ABRIR A CORTINA – Esto significa «abrir la cortina» y es igual que el paso básico, pero los movimientos del brazo imitan la apertura de unas cortinas.

1 Desplácese a un lado con el pie izquierdo, extendiendo el brazo izquierdo y moviéndolo hacia fuera. Apoye la mano derecha en la cadera de ese mismo lado (cuente lento).

2 Dé una puntada con el pie derecho llevándolo cerca del izquierdo (cuente lento).

3 Desplácese a un lado con el pie derecho, extendiendo el brazo derecho y moviéndolo hacia fuera. Apoye la mano izquierda sobre la cadera de ese mismo lado (cuente lento).

4 Dé una puntada con el pie izquierdo llevándolo cerca del derecho (cuente lento).

PASO DE PELÉ – Brasil es conocida como una nación amante del deporte, por lo que no es raro que a los héroes del deporte se les haga formar parte de otro pasatiempo nacional: el baile. El «paso de Pelé» rinde homenaje a uno de sus más admirados futbolistas.

1 Desplácese hacia delante con el pie izquierdo (cuente lento).

2 Dé una patada con el pie derecho, como si golpeara una pelota de fútbol (cuente lento).

3 Desplácese hacia atrás con el pie derecho (cuente lento).

4 Dé una puntada con el pie izquierdo detrás, pero sin transferir el peso del cuerpo (cuente lento).

Samba reggae

A BAILARINA – Éste es el «paso de la bailarina» y es muy parecido a la sacudida de la samba descrita con anterioridad en este libro. Durante el movimiento hacia la izquierda, giren los brazos en el sentido de las agujas del reloj para terminar con ellos estirados en el lado izquierdo. Durante el movimiento a la derecha, giren los brazos en el sentido contrario al de las agujas del reloj para terminar con ellos estirados al lado derecho.

1 Desplácese a un lado con el pie izquierdo (cuente lento).

2 Dé una puntada con pie derecho detrás del izquierdo, girando el derecho hacia afuera. Evite descender el tacón derecho, pero mantenga la presión con la punta. (cuente lento)

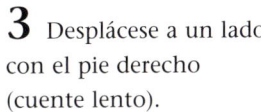

3 Desplácese a un lado con el pie derecho (cuente lento).

4 Dé una puntada con el pie izquierdo detrás del derecho, girando el izquierdo hacia fuera. Evite bajar el tacón izquierdo, pero mantenga la presión con la punta (cuente lento).

En lugar de a bailarina *pueden bailar la sacudida de la samba, pero con menos efecto de bote de lo normal. Se contaría entonces «lento, a, lento, lento, a, lento». Los seis pasos de la sacudida duran exactamente lo mismo que los cuatro pasos de* a bailarina, *por lo que pueden intercambiar los movimientos como deseen.*

Lambada – introducción

Cuando la fama de un baile es duradera, suele suceder que algunas de sus características se adaptan y desarrollan para producir nuevas y divertidas variantes. En 1987 surgió una nueva variante de la samba en el mundo del baile: la lambada. Este nuevo baile era una síntesis del *forro* del norte de Brasil, del merengue dominicano y del *carimbo* de Marajo, en el que la pareja baila muy pegada con las piernas entrelazadas. El nombre de la lambada deriva del verbo *lambar* que en el norte de Brasil significa «achucharse».

En un principio, la lambada se hizo famosa principalmente en la región de Pará, al norte de Brasil, hasta que en 1989 un francés emprendedor introdujo el baile en París y lo acopló a la pegadiza música del grupo Kaoma. La lambada tomó Europa por asalto y se convirtió en un gran éxito mundial. En todas partes se movían las caderas y el pelo se agitaba provocativamente al ritmo sensual de la lambada.

El ritmo

La lambada se baila en secciones, formadas normalmente por tres pasos, y se cuenta «lento, rápido, rápido» con el acento en la primera cuenta. Los términos lento y rápido se explicaron en el capítulo de «Música y ritmo».

En la lambada el hombre y la mujer están agarrados de frente en estrecho contacto.

Forma de agarrarse

El hombre coloca la mano derecha alrededor de la cintura de la mujer para sujetar la parte baja de su espalda, mientras ella coloca su mano cómodamente sobre el hombro izquierdo del hombre. Él extiende la mano izquierda hacia un lado, en un punto intermedio entre él y la mujer, y toma la mano derecha de ésta con su izquierda aproximadamente a la altura del pecho. En una pista llena de gente, el hombre debe encoger su brazo izquierdo en consideración a las demás parejas. El interior de la pierna derecha del hombre y de la mujer deben tocarse sensualmente justo por encima de la rodilla.

Ajustar los movimientos

Todos los movimientos de la lambada que presentamos comienzan con el pie izquierdo en el caso del hombre y con el derecho en el caso de la mujer, y terminan con el pie derecho del hombre y con el izquierdo de la mujer. Todos empiezan con la misma forma de agarrarse. De este modo, los movimientos pueden bailarse en cualquier orden y pueden construir su propio repertorio. Una vez que se acostumbren a los movimientos, pueden intercambiarlos y bailarlos en el orden que prefieran.

Lambada básica

E ste movimiento puede bailarse sin moverse del sitio, en cuyo caso el paso 2 será un movimiento muy leve, o bien con un movimiento hacia adelante y hacia atrás en los pasos 2 y 3, tal y como explicamos aquí. Comiencen sin moverse del sitio y cuando estén preparados, traten de introducir un poco de movimiento hacia delante y hacia atrás. El hombre empieza apoyado sobre el pie derecho y la mujer sobre el izquierdo.

1 Hombre
Dé un paso sin moverse del sitio con el pie izquierdo (cuente lento).

1 Mujer
Dé un paso sin moverse del sitio con el pie derecho (cuente lento).

2 Hombre
Desplácese en diagonal hacia delante con el pie derecho, girando las caderas en el sentido de las agujas del reloj, sobre el borde exterior del pie (cuente rápido).

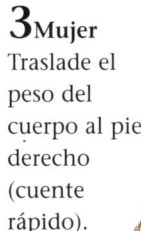

2 Mujer
Desplácese en diagonal hacia atrás con el pie izquierdo, girando las caderas en el sentido contrario a las agujas del reloj, apoyándose en el borde exterior del pie (cuente rápido).

3 Hombre
Traslade el peso de su cuerpo al pie izquierdo. (cuente rápido)

3 Mujer
Traslade el peso del cuerpo al pie derecho (cuente rápido).

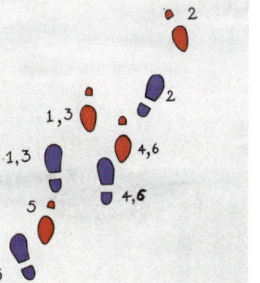

LAMBADA BÁSICA

4 Hombre
Dé un paso pequeño atrás con el pie derecho (cuente lento).

Mujer
Dé un paso pequeño atrás con el pie izquierdo (cuente lento).

5 Hombre
Desplácese en diagonal hacia atrás con el pie izquierdo, girando las caderas en sentido contrario a las agujas del reloj apoyándose en la parte exterior del pie (cuente rápido).

Mujer
Desplácese en diagonal hacia delante con el pie derecho, girando las caderas en el sentido de las agujas del reloj apoyándose en la parte exterior del pie (cuente rápido).

6 Hombre
Traslade el peso del cuerpo al pie derecho (cuente rápido).

6 Mujer
Traslade el peso del cuerpo al pie izquierdo (cuente rápido).

Giro de caderas

En los pasos 2 y 5 ambos bailarines hacen girar el peso de su cuerpo alrededor del borde del pie. Este es el famoso giro de caderas de la lambada; mientras lo realizan, deben ejercer una ligera presión donde la pierna derecha del hombre y de la mujer están en contacto, justo encima de la rodilla.

Pies

El hombre debe hacer el juego parte delantera-pie plano, mientras que la mujer debe bailar sólo sobre la parte delantera de los pies y mantener las piernas más rectas que él para facilitar los giros.

Samba y Lambada

Paso del balanceo

Este es un movimiento básico, pero a menudo se usa en combinación con otros movimientos y como parte de la entrada a algunos de los giros clásicos de la lambada. Noten el balanceo en las caderas mientras las giran una vez más. Comiencen agarrándose como se ha indicado y con el peso apoyado en el mismo pie que antes.

1 Hombre
Dé un paso con el pie izquierdo sin desplazarse (cuente lento).

2 Hombre
Desplácese a un lado con el pie derecho, girando las caderas en el sentido de las agujas del reloj y moviendo el lado derecho hacia delante (cuente rápido).
Mujer
Desplácese a un lado con el pie izquierdo, girando las caderas en sentido contrario a las agujas del reloj y moviendo el lado izquierdo hacia la izquierda (cuente rápido).

3 Hombre
Traslade el peso del cuerpo al pie izquierdo, complete el giro de caderas de la lambada y mueva el lado derecho hacia atrás hasta su posición normal (cuente rápido).
Mujer
Traslade el peso del cuerpo al pie derecho, complete el giro de caderas y mueva el lado izquierdo hacia atrás hasta su posición normal (cuente rápido).

1 Mujer
Dé un paso con el pie derecho sin desplazarse (cuente lento).

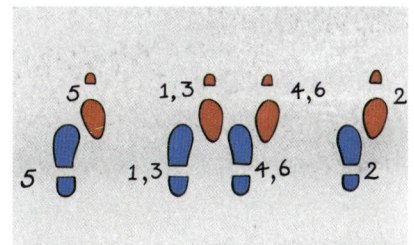

Paso del balanceo

4 Hombre
Dé un paso con el pie derecho sin desplazarse (cuente lento).

5 Hombre
Desplácese a un lado con el pie izquierdo, girando las caderas en sentido contrario a las agujas del reloj y moviendo el lado izquierdo hacia delante (cuente rápido).

6 Hombre
Traslade el peso del cuerpo al pie derecho, completando el giro de caderas de la lambada y moviendo el lado izquierdo hacia atrás hasta su posición normal (cuente rápido).

4 Mujer
Dé un paso con el pie izquierdo sin desplazarse (cuente lento).

5 Mujer
Desplácese a un lado con el pie derecho, girando las caderas en el sentido de las agujas del reloj y moviendo el lado derecho hacia delante (cuente rápido).

6 Mujer
Traslade el peso del cuerpo al pie izquierdo, completando el giro de caderas de la lambada y moviendo el lado derecho hacia atrás hasta su posición normal (cuente rápido).

Continúe con cualquier movimiento básico de la lambada.

Samba y Lambada

Abrindo portas

*A*brindo portas es una combinación de varios movimientos característicos de la lambada que son relativamente fáciles de bailar. Si trabajan los pasos con constancia y por partes, el éxito está asegurado. Comiencen con la forma de agarrarse de la lambada ya descrita, el hombre apoyado sobre el pie derecho y la mujer sobre el izquierdo.

1 Hombre
Dé un paso con el pie izquierdo sin desplazarse (cuente lento).

2 Hombre
Desplácese hacia delante en diagonal con el pie derecho, girando las caderas hacia la derecha (cuente rápido).

3 Hombre
Traslade el peso del cuerpo al pie izquierdo, subiendo el brazo izquierdo y guiando a la mujer a que gire a la derecha bajo las manos unidas (cuente rápido).

4 Hombre
Desplácese a un lado con el pie derecho, haciendo girar a la mujer a la derecha bajo las manos unidas (cuente lento).

1 Mujer
Dé un paso con el pie derecho sin desplazarse (cuente lento).

2 Mujer
Desplácese en diagonal hacia atrás con el pie izquierdo, girando las caderas hacia la izquierda (cuente rápido).

3 Mujer
Dé un pequeño paso hacia delante con el pie derecho, comenzando a girar a la derecha bajo el brazo del hombre (cuente rápido).

4 Mujer
Desplácese hacia delante con el pie izquierdo y siga girando a la derecha alejándose del hombre bajo su brazo (cuente lento).

5 **Hombre**
Desplácese adelante en diagonal con el pie izquierdo, bajando la mano izquierda a la altura de la cintura (cuente rápido).

Mujer
Desplácese hacia atrás con el pie derecho y siga girando para terminar más o menos paralela al hombre (cuente rápido).

6 **Hombre**
Traslade el peso del cuerpo hacia atrás al pie derecho, guiando a la mujer para que comience a girar, y entonces suelte la mano (cuente rápido).

Mujer
Traslade el peso del cuerpo al pie izquierdo, comenzando a girar a la izquierda. El hombre soltará la mano (cuente rápido).

7 **Hombre**
Desplácese a un lado con el pie izquierdo, dejando que la mujer pase por delante y tomando la mando izquierda de ella con su mano derecha (cuente lento).

Mujer
Desplácese a un lado con el pie derecho, pasando por delante del hombre y continuando el giro a la izquierda. Vuelva a agarrarse con la mano izquierda (cuente lento).

8 **Hombre**
Desplácese en diagonal hacia delante con el pie derecho, alejándose de la mujer (cuente rápido).

Mujer
Desplácese hacia atrás con el pie izquierdo y siga girando hasta situarse de cara al hombre (cuente rápido).

Abrindo portas

9 **Hombre**
Traslade el peso del cuerpo hacia atrás al pie izquierdo, comenzando a guiar a la mujer para que pase por delante de usted (cuente rápido).
Mujer
Traslade el peso del cuerpo hacia delante al pie derecho, preparándose para pasar por delante del hombre (cuente rápido).

10 **Hombre**
Desplácese hacia un lado con el pie derecho, pasando detrás de la mujer, y agarre la mano derecha de ella con su izquierda (cuente lento).
Mujer
Desplácese a un lado con el pie izquierdo, pasando por delante del hombre, y suelte la mano izquierda para agarrarse con la derecha (cuente lento).

11 **Hombre**
Desplácese en diagonal hacia delante y cruzando un poco el pie izquierdo por delante del derecho (cuente rápido).
Mujer
Desplácese hacia atrás con el pie derecho y siga girando para terminar paralela al hombre (cuente rápido).

12 **Hombre**
Desplace el peso del cuerpo hacia atrás al pie derecho y guíe a la mujer subiendo la mano izquierda y haciéndola girar en sentido contrario a las agujas del reloj (cuente rápido).
Mujer
Traslade el peso del cuerpo hacia delante al pie izquierdo, girando sobre este pie en sentido contrario a las agujas del reloj hasta situarse de cara al hombre (cuente rápido).

Abrindo portas

13 Hombre
Dé un paso corto atrás con el pie izquierdo, agarrándose de la forma característica de la lambada (cuente lento).

13 Mujer
Dé un paso corto hacia delante con el pie derecho, entre los pies del hombre (cuente lento).

14 Hombre
Desplácese en diagonal hacia delante con el pie derecho, girando las caderas en el sentido de las agujas del reloj (cuente rápido).
Mujer
Desplácese en diagonal hacia atrás con el pie izquierdo, girando las caderas en sentido contrario a las agujas del reloj (cuente rápido).

15 Hombre
Traslade el peso del cuerpo hacia atrás al pie izquierdo (cuente rápido).

15 Mujer
Dé un paso corto hacia delante con el pie derecho (cuente rápido).

16-18 Hombre
Baile los pasos 4-6 de la lambada básica (cuente lento, rápido, rápido).
Mujer
Baile los pasos 4-6 de la lambada básica (cuente lento, rápido, rápido).

Continúen con cualquier movimiento básico de la lambada.

Samba y Lambada

Movimiento de la cabeza

Es fundamental que la mujer mueva la cabeza cuando baile la lambada. Aunque ella deseará moverla a su manera para expresarse libremente y reflejar la fluidez de los movimientos, existen unas cuantas pautas que resultan muy prácticas.

• Todos los movimientos de la cabeza son una extensión natural del movimiento que se está bailando.

• Cuando la mujer está agarrada al hombre de la forma normal en la lambada, no debe mirarle.

• La mujer sólo mira al hombre al principio y al final de cada movimiento.

• Si la mujer está detrás del hombre o bien delante pero dándole la espalda, puede mirarle.

La mujer comienza y termina todos los movimientos con la cabeza inclinada a un lado.

Para mover la cabeza de izquierda a derecha, la mujer la hará girar en círculo con la barbilla hacia abajo.

Para mover la cabeza de derecha a izquierda, la hará girar en círculo con la barbilla hacia arriba.

Giros básicos de lambada

Se trata de un grupo completo de movimientos, así que lo pueden incluir en el programa en cuanto tengan un poco de práctica, para alegrar el baile. Empiecen con los pasos 1-3 de la lambada básica, pero en el paso 2 el hombre debe indicar su intención de bailar los giros volviendo un poco el cuerpo a la izquierda al dar el paso adelante.

PASO DE BALANCEO DEL HOMBRE – *La mujer se abre durante este movimiento.*

4 Hombre
Dé un paso con el pie derecho sin desplazarse (cuente lento).

5 Hombre Desplácese a un lado con el pie izquierdo, girando las caderas hacia la izquierda y volviendo el tronco a la derecha (cuente rápido).

6 Hombre
Traslade el peso del cuerpo al pie derecho, completando el giro de caderas y volviendo a la izquierda el tronco para recuperar la posición normal (cuente rápido).

4 Mujer
Dé un paso pequeño hacia delante con el pie izquierdo (cuente lento).

5 Mujer
Dé casi media vuelta a la derecha con la parte delantera del pie izquierdo, hasta la derecha de él. Un paso atrás con el pie derecho (cuente rápido).

6 Mujer
Traslade el peso del cuerpo al pie izquierdo, comenzando a girar a la izquierda (cuente rápido).

GIROS BÁSICOS DE LAMBADA

PASO DE BALANCEO DEL HOMBRE A LA DERECHA – *Al igual que antes, la mujer se abre en este paso.*

7 Hombre
Acerque el pie izquierdo hasta casi juntarlo con el derecho, guiando a la mujer para que gire situándose de cara a usted (cuente lento).

8 Hombre
Desplace a un lado el pie derecho, dejando el peso entre los pies. Vuelva el tronco a la izquierda e indique a ella que siga girando a la izquierda (cuente rápido).

9 Hombre
Traslade todo el peso del cuerpo al pie izquierdo, guiando a la mujer para que gire a la derecha (cuente rápido).

7 Mujer
Desplácese a un lado con el pie derecho para terminar de cara al hombre (cuente lento).

8 Mujer
Girando con la parte delantera del pie derecho, dé casi media vuelta a la izquierda hasta el lado izquierdo de él. Dé un paso atrás (peso a un lado) con el pie izquierdo (cuente rápido).

9 Mujer
Traslade el peso del cuerpo hacia delante sobre el pie derecho, comenzando a girar a la derecha (cuente rápido).

Continúen con la lambada básica.

GIROS BÁSICOS DE LAMBADA

BAILARINA CON VUELTA BAJO EL BRAZO – *El hombre se prepara para girar a la mujer cuando ella hace una bailarina.*

10 Hombre
Junte el pie derecho con el izquierdo, guiando a la mujer para que gire colocándose de cara a usted (cuente lento).

11 Hombre
Desplácese a un lado con el pie izquierdo, girando las caderas en sentido contrario a las agujas del reloj y girando el tronco a la derecha (cuente rápido).

Pivotar

Se trata de efectuar un giro sobre un solo pie. Mientras se gira, las piernas están rectas, pero el peso se apoya sólo sobre el pie izquierdo. Durante este giro es importante dejar que el pie derecho se acerque con naturalidad al izquierdo, de forma que ambos pies queden por debajo del cuerpo, con lo que no sólo conseguirá un mejor equilibrio, sino que permitirá que el pie derecho acabe en la posición más adecuada para continuar con el movimiento siguiente.

12 Hombre
Traslade el peso del cuerpo al pie derecho, completando el giro de caderas y girando a la mujer a la izquierda por debajo del brazo izquierdo, que está levantando, para terminar uno frente al otro (cuente rápido).

10 Mujer
Desplácese a un lado con el pie izquierdo, girando a la derecha para terminar de cara al hombre (cuente lento).

11 Mujer
Girando sobre la parte delantera del pie izquierdo, dé casi media vuelta a la derecha para terminar a la derecha del hombre y dé un paso atrás con el pie derecho (cuente rápido).

Mujer
Transfiera el peso del cuerpo hacia delante y gire sobre el pie izquierdo hacia la izquierda por debajo del brazo elevado del hombre, para terminar de cara a él (cuente rápido).

A cadeira

El nombre de este movimiento clásico de lambada significa «el asiento» en portugués, aunque ahora es tan fotografiado que algunas veces se le llama «la foto». En este movimiento, el hombre coloca a la mujer en una posición en la cual durante un momento parece estar sentada sobre su rodilla.

1 Hombre
Desplácese a un lado con el pie izquierdo, haciendo que la mujer se abra a la derecha (cuente lento).

2 Hombre
Traslade el peso del cuerpo al pie derecho, guiando a la mujer para que gire a la izquierda, hacia usted (cuente rápido).

3 Hombre
Desplace el pie izquierdo hacia delante sin apoyar nada de peso en él (cuente rápido).

1 Mujer
Dando media vuelta pivotando en el pie izquierdo, desplácese hacia atrás con el derecho (cuente lento).

2 Mujer
Traslade el peso del cuerpo hacia delante al pie izquierdo y comience a girar a la izquierda (cuente rápido).

3 Mujer
Desplácese hacia delante con el pie derecho, cruzándose con el hombre (cuente rápido).

A CADEIRA

4 Hombre
Mantenga la posición de los pies (cuente lento).
Mujer
Sin mover los pies, dé media vuelta a la izquierda para terminar apoyada sobre el pie derecho con el hombre a su derecha (cuente lento).

5 Hombre
Presione la parte delantera del pie izquierdo sobre el suelo, sin bajar el tacón, elevando la rodilla izquierda mientras baja el cuerpo apoyado en la pierna derecha. Subiendo el brazo izquierdo, siga girando a la mujer y permítala que se agache sobre su rodilla izquierda (cuente rápido).

5´ Mujer
Flexione la rodilla derecha y suba el pie izquierdo hasta colocarlo junto a la rodilla derecha para dar la impresión de que se sienta sobre la rodilla del hombre (cuente rápido).

6 Hombre
Levántese y desplace el pie izquierdo hacia atrás acercándolo al derecho, guiando a la mujer hasta situarla de cara a usted y volviendo a agarrarse de la forma característica de la lambada (cuente rápido).

6 Mujer
Levántese y gire a la derecha hasta situarse de cara al hombre, para terminar con el peso sobre el pie derecho (cuente rápido).

Continúen con cualquiera de los movimientos que hayan aprendido.

Samba y Lambada

Caída de lambada

La caída es un movimiento muy vistoso que se ha convertido, merecidamente, en el sello característico de este baile. El hombre mantiene su posición mientras ayuda a que la mujer deje caer el cuerpo, culminando con una sacudida del pelo. Las bailarinas dedicadas a la lambada se dejan el pelo largo precisamente para realizar el efecto.

1 Hombre
Dé un paso corto hacia delante con el pie izquierdo (cuente lento).
Mujer
Dé un paso corto hacia atrás con el pie derecho (cuente lento).

2 Hombre
Desplácese hacia delante y en diagonal con el pie derecho, girando las caderas (cuente rápido).
Mujer
Desplácese hacia atrás y en diagonal con el pie izquierdo, girando las caderas (cuente rápido).

3 Hombre
Traslade el peso del cuerpo hacia atrás al pie izquierdo y deje el derecho en su lugar con la rodilla derecha ligeramente elevada. Traslade rápidamente el peso para atraer a la mujer y agarrarla muy cerca (cuente rápido).
Mujer
Traslade el peso del cuerpo hacia delante al pie derecho y, cuando el hombre tire de usted, desplace el pie izquierdo acercándolo al derecho y aprisionando la rodilla derecha del hombre con sus piernas. Si el hombre no la sujeta bien por la espalda, quizá necesite agarrarse a él con las rodillas (cuente rápido).

4-6 Hombre
Mientras la mujer arquea el cuerpo, mantenga su posición y sosténgala, sin limitar su movimiento, por la parte baja de la espalda con la mano derecha (cuente lento, rápido, rápido).
Mujer
Para arquear el cuerpo, doble la cintura, incline el tronco ligeramente hacia delante y flexione las rodillas. Dóblese hacia atrás, empujando las caderas hacia arriba. Enderece la espalda progresivamente para adoptar la posición normal, estirando las rodillas y acabando con una sacudida del pelo (cuente lento, rápido, rápido).

Sigan con los pasos 4-6 de la lambada básica, de modo que el hombre lleve el pie derecho hacia atrás en el paso 4.

Samba y Lambada

La Macarena

Y ahora otro baile distinto. En 1996 una pieza musical alcanzaba el número uno en las listas de muchos países. Se llamaba «La Macarena» y constituyó la consagración internacional del dúo español Los del Río. Se creó un baile especial para este gran *boom* de 1996. Los bailarines se colocan en filas mirando al frente o bien en círculo mirando al centro. Todos empiezan al mismo tiempo y hacen los mismos movimientos, uno para el primer tiempo de cada compás. Colóquense con los pies un poco separados y déjense llevar por la música.

1 Extienda el brazo derecho con la palma de la mano hacia el frente.

2 Extienda el brazo izquierdo, con la palma de la mano hacia el frente.

3 Vuelva hacia arriba la palma de la mano derecha.

4 Vuelva hacia arriba la palma de la mano izquierda.

La Macarena

5 Coloque la mano derecha sobre el hombro izquierdo.

6 Coloque la mano izquierda sobre el hombro derecho.

7 Coloque la mano derecha detrás de la cabeza.

8 Coloque la mano izquierda detrás de la cabeza.

9 Coloque la mano derecha sobre la cadera izquierda.

10 Coloque la mano izquierda sobre la cadera derecha.

La Macarena

11 Coloque la mano derecha sobre la cadera derecha.

12 Coloque la mano izquierda sobre la cadera izquierda.

13 Gire las caderas en círculo a la derecha.

14 Gire las caderas en círculo a la izquierda.

15 Dé una palmada.

16 Salte, dando un cuarto de vuelta a la derecha.

A continuación comiencen de nuevo. Una versión más corta de La Macarena emplea sólo los movimientos 1, 2, 7, 8, 11, 12, 13 y 16. En algunos lugares la vuelta se efectúa hacia la izquierda. Cualquiera que sea la versión que utilice, salga a la pista y diviértase a lo grande con La Macarena.

Sugerencias musicales

Samba

Muchos de los éxitos del artista brasileño Beto Barbosa son excelentes sambas. Prueben con «Preta», «Souvenir» y «Do Re Mi Fa Sou Eu», del álbum *Beto Barbosa* de la Gel Continental.

«Não Sei, Não Sei», de Alipio Martins, es una gran samba, interpretada a mayor velocidad para los bailarines más expertos, pero si no olvidan dar pasos pequeños, incluso los principiantes pueden disfrutar de ella.

Para el tipo de música que se emplea en las competiciones internacionales y mundiales, elijan grabaciones de Ross Mitchell y su orquesta (Reino Unido), Günter Noris y su orquesta (Alemania), Klaus Hallen y su orquesta (Alemania) o Werner Tauber y su orquesta (Alemania). La mayoría de los profesores de baile acreditados internacionalmente podrán aconsejarle y encargarán lo que necesite a tiendas especializadas.

Samba reggae

Se puede bailar samba reggae con casi cualquier música moderna de discoteca, pero si prefieren el sabor auténtico, prueben el fabuloso «Forreggae», de Beto Barbosa, o «Balanço do Merengue», de Papa Leguas.

Se puede disfrutar bailando la samba reggae a un ritmo más lento con «Brilho Jamaica» de Laranja Mecânica.

Lambada

La mundialmente famosa «Lambada» interpretada por el grupo Kaoma, es la canción clásica original para los bailarines de lambada.

Beto Barbosa es un artista muy apreciado por el público, ya que no sólo sabe cómo enganchar con su soberbio ritmo, sino que crea un ambiente fabuloso en toda su música de baile. «Mar de Emoções» es una de sus mejores piezas.

«Dançando Lambada», interpretada por Avatar, fue también un gran éxito internacional y llegó a ser casi tan famosa como la canción de Kaoma.

«Lambada do Galo Gago», de Getto Douglas, es una conocida canción que refleja el ritmo y el ambiente de una fiesta tropical de baile en Río o Bahía.

Samba y Lambada

Nota final

Es de esperar que este libro les haya introducido en el mundo de la samba y la lambada y haya estimulado su deseo de aprender más sobre los fascinantes bailes y ritmos de Latinoamérica. Con los movimientos que han aprendido en este libro, pronto podrán salir a la pista. ¿Por qué no unirse a otros que compartan su mismo interés? Busquen una escuela de baile cerca de casa o pásense por un local latino de su zona. El profesor podrá aconsejarles personalmente para ayudarles a depurar la técnica y se sorprenderán de la rapidez con que progresan. Recuerden que a casi todos nos resulta un poco difícil bailar al principio, pero dentro de poco tiempo, con paciencia y práctica, habrán aprendido a bailar, lo que será una larga recompensa para un esfuerzo pequeño.

Agradecimientos

Muchas de las secuencias fotográficas de este libro muestran a los campeones latinoamericanos profesionales del Reino Unido y a bailarines de talla mundial, como Goran y Nichola Nordin, cuya ayuda agradecemos sinceramente. También nos gustaría expresar nuestro agradecimiento a la bailarina brasileña Karina Rebello por su contribución y por su visión de la lambada auténtica y de la samba reggae, así como dar las gracias a las siguientes personas por su participación en las fotografías de este libro: Luís Bittencourt, Berg Dias, Tanya Janes y Mina di Placido. Su experiencia y entusiasmo fueron una ayuda inestimable.